COLLECTION DE M. OCTAVE UZ

VENTE du Samedi 30 Mai
HOTEL DROUOT SALL

N° [illegible] du Catalogue.

PEINTURES -- DESSINS
ESTAMPES

Me ANDRE DESVOUGES M. LOYS DELTEIL

IMPRIMERIE FRAZIER-SOYE
153-157, RUE MONTMARTRE
PARIS

CATALOGUE

DES

PEINTURES
DESSINS

ET

ESTAMPES

COMPOSANT

LA

COLLECTION DE M. OCTAVE UZANNE

Dont la vente aura lieu

à Paris, HOTEL DROUOT, Salle N° 9

Le Samedi 30 Mai 1908

à 2 heures précises

Par le Ministère de Me ANDRÉ DESVOUGES,

COMMISSAIRE-PRISEUR

26, Rue de la Grange-Batelière

Assisté de M. LOYS DELTEIL, Artiste-Graveur. Expert

2, Rue des Beaux-Arts

CONDITIONS DE LA VENTE

Elle sera faite au comptant.

Les adjudicataires paieront *dix pour cent* en sus des enchères.

M. Loys Delteil remplira les commissions que voudront bien lui confier les amateurs ne pouvant y assister : il se réserve, en outre, la faculté de diviser ou de rassembler les lots.

MM. les amateurs pourront visiter la collection, 2, *rue des Beaux-Arts*, du Lundi 25 au Mercredi 27 Mai, de 2 heures à 5 heures.

Des Œuvres et des Cadres

Il est des ventes qui sont des enseignements. — Celle que nous allons entreprendre, et dont voici le Catalogue, est exceptionnelle et originale tout à la fois, dans sa composition, sa variété et par l'intérêt qu'offrent les pièces mises aux enchères ou la manière dont elles sont présentées, en des encadrements curieux, symphoniques et harmonieux. L'artiste écrivain, le critique et bibliophile qui sut réunir tant de Dessins, d'Estampes, de Gravures à l'eau-forte, d'Illustrations conçues et exécutées souvent pour ses publications d'art, si justement célèbres, n'est point l'Iconophile conservateur de la belle pièce ou épreuve en carton. *Il est de ceux qui veulent jouir de leur collection, à toute heure de cette vie Parisienne d'où lui, se croit à la veille de se vouloir exiler, afin de se retirer en un nid de verdure.*

Ceux qui furent admis dans ses successives résidences du Quai Voltaire et de la Place de l'Alma, savent avec quelle profusion les murs de l'Entrée, du Cabinet de travail, des différentes chambres, salons et dégagements étaient tapissés d'œuvres d'art, et principalement de tableaux, de gravures, de dessins remarquables, tous de provenances directes, c'est-à-dire exécutés par des amis et collaborateurs, par des maîtres tels que Félicien Rops, Daniel Vierge, Carloz Schwabe, Eugène Grasset, George de Feure, Paul Avril, Félix Buhot,

Albert Lynch, Gaujean et combien d'autres contemporains distingués.

Ce qui séduisait surtout les délicats, les amoureux des polychromies heureuses et savamment rhytmées, c'était l'harmonieuse entente du décor, le goût qui avait présidé à l'habillage de toutes ces œuvres, la simplicité des cadres avec un minimum de dorures à éclats ou à reliefs, et l'ingéniosité des sous verre. Les entourages des dessins faits de vieilles étoffes, de soies aux tonalités atténués, de tissus coquets, de cuirs exotiques, de papiers de toute origine, apportaient dans l'ensemble un accord d'un agrément indicible. Rien ne choquait : tout celà chantait sur les murs lumineux et bien tapissés comme une palette délicieusement composée de tons fondus.

C'est que le maître de céans affirmait avoir découvert, — non sans raison — que les marges blanches des encadrements font trou *dans le mur et sont contraires non seulement aux œuvres encadrées, — dont les* blancs intérieurs *et intimes doivent seuls apparaître, — mais encore qu'elles sont inacceptables dans un logis où tout doit se compléter et communier dans un même décor sans lacunes, froideurs, pauvreté, monotomie ou contrastes choquants.*

C'est à ce titre que nous disons que cette vente est un enseignement. Le collectionneur passionné qui se dessaisit de tant de dessins et gravures sous verre est un véritable professeur de "L'art de traiter les chefs-d'œuvres comme il le méritent". Ceux qui sortent de chez lui peuvent conserver longtemps et toujours leur charme d'entourage, leur physionomie de présentation. Même les plus modestes Gravures et Estampes, sans grande valeur marchande, ont un cachet élégant, une marque distinctive d'origine qui les rend précieux aux connaisseurs, comme de simples livres bien habillés à la bradel offrent séduction particulière.

En dehors de ces considérations, la Collection très diverse qui va être dispersée vaut d'être signalée tout spécialement. Elle comprend des numéros de grande curiosité. Mentionnons, par exemple, un superbe dessin de François Millet, largement et libidineusement traité à la façon d'un Fragonard " Suzanne et les deux vieillards" *et qui nous révèle une fougue de croquiste et une caractéristique du talent de l'auteur de* L'angélus *que les maîtresses œuvres du peintre de Barbizon ne laissent point soupçonner. — Les Constantin Guys qui figurent dans ce Catalogue sont assurément les plus puissamment poussés, les plus beaux qui aient jusqu'ici passé en vente publique. Les deux grandes pièces* " Femme au manchon " *et* " Dame à l'éventail ". (Mabille) *sont d'un style, d'une exécution, d'une tenue exceptionnelles. Aussi bien le cadre qui contient, sous une soierie jaune,* " Les Danseuses ", *si fines, si légères, si gracieusement pivottantes et qu'on jurerait enlevées au crayon par quelque grand artiste du XVIIIe siècle.* "La femme du Harem", "Les Dames au théâtre", "Les Scènes de Maisons closes", *sont également parmi les meilleures qu'aient laissées ce surprenant Guys, que notre collectionneur aima et fréquenta sur la fin de ses jours. Ces pièces ont été choisies parmi des centaines de pièces appartenant à Champfleury. Il n'en est point de supérieures.*

Un Dessin au crayon de Rops attirera l'attention. C'est un des plus subtils et des plus fins du Maître artiste qui l'executa avec un soin rare et méticuleux, pour son vieil ami intime, aux livres duquel il se plut à collaborer. Du même Félicien Rops, on trouvera ici nombre d'autres pièces, mais surtout plusieurs petites études à l'huile, exécutées en Belgique, " Dunes ", " Marée basse ", " Étude de Mer du Nord ", etc., *qui ne seront pas sans surprendre les collectionneurs de l'œuvre de Rops, peu habitués à rencontrer de pareilles études d'après nature.*

De Daniel Vierge nous mettons en vente un dessin prodigieux de verve, d'imagination, de la meilleure époque de l'artiste, "Les faunesses" *avec une étrange dédicace, et d'autre part une scène de Bataille impétueuse ou l'Espagnol qu'était Vierge semble, plume en main, donner l'assaut avec ses compatriotes.*

Nous ne pouvons nous attarder à signaler ici les admirables épreuves dédiées, tout encadrées, par Félix Buhot à son camarade et enthousiaste appréciateur, les Trois aquarelles de Eugène Grasset, dont une, surtout, la "Muse druidique" *est un chef-d'œuvre de musée, ainsi que la* "Vue de Lausanne au Moyen-âge", *de cette Lausanne qui donna le jour à Grasset. — Il est inutile de tirer hors pair la composition originale* L'art et L'idée *de Carloz Schwabe : c'est un dessin au lavis incomparable, l'une des premières œuvres et des mieux venues de ce peu fécond et si recherché peintre illustrateur dont la maîtrise rencontre chaque jour plus d'admirateurs.*

Ce sont encore de beaux dessins que ceux de George de Feure, d'Alphonse Levy, de Jules Chéret, de Mérowak, l'homme des cathédrales, de Paul Avril, dont plusieurs compositions faites pour "L'Eventail" *et* "L'Ombrelle", *de Séon, d'Albert Lynck, aujourd'hui peintre renommé comme portraitiste dans les deux mondes, de Jeanniot, d'Heidebrink, un maître du crayon qui mériterait plus de notoriété, de Charles Morel, du délicieux Louis Morin, sans parler des anciens qui figurent ici en petit nombre.*

Quant aux Eaux-fortes, Burins, Gravures diverses, Lithographies, elles feront ici des lots appréciables et dignes de l'intérêt des collectionneurs, surtout de ceux qui recherchent de jolies choses bien coquettes en leurs cadres, pour décorer le home artiste et familier.

C'est toute une époque, de 1878 à 1900, une époque de vie intense pour les artistes novateurs, les iconophiles et bibliophiles qu'évoque la vente du 30 mai courant. Cette vente, chargée d'occasions précieuses, n'est assurément point banale. Elle se recommande du nom et de la réputation bien acquise de son ex-possesseur. Celui-ci n'a point jugé nécessaire de cacher sa personnalité, car tout ici la désigne, la révèle ou la proclame même en dehors des dédicaces. Le goût est souvent semblable à la création qui signe en caractères d'expression individuelle tout ce qui émane de tel ou tel créateur. Ici le nom du vendeur apparait en tout et partout. On peut dire ça vient d'Octave Uzanne. On reconnait son style même dans ses Bibelots et ses Cadres.

L. D. V.

DÉSIGNATION

N. B. — Presque tous les dessins et estampes composant la collection sont encadrés.

BEAUVARLET (J. F.)

1. Molière, d'apr. S. Bourdon, épr. sans marge.

BERTRAND (Albert)

2. La Buveuse d'absinthe. Très belle épreuve, *imp. en couleurs*, avec *dédicace*.

BUHOT (Félix)

3. Une Matinée d'Hiver au quai de l'Hôtel-Dieu (123).
4. L'Hiver à Paris (128). Très belle épreuve, avec *dédicace*.
5. La Place Pigalle en 1878 (120). Très belle épreuve d'état.
6. Débarquement en Angleterre (130). Très belle épreuve.
7. La Traversée (143). Très belle épreuve, *timbrée*.
8. Les Voisins de campagne (148). Très belle épreuve d'état.

9. Westminster Palace (155). Très belle épreuve, *signée*.

10. Westminster Bridge (150). Très belle épreuve, avec *dédicace, timbrée*.

11. Pauca Paucis ou le Hibou (161). Belle épreuve.

12. La Taverne du Bagne (163). Très belle et rare épreuve du 1er état, avec *dédicace*.

13. La Falaise, Baie de St Malo (165). Très belle épreuve, *timbrée*.

14. Zigs-zags d'un Curieux, par Oct. Uzanne (172). Rare épreuve d'état, *avec les marges symphoniques*.

15. Frontispice pour l'Illustration nouvelle. Épreuve d'*essai*, avec *dédicace*.

CALLOT (Jacques)

16. Les deux Grandes vues de Paris. Copies.

CALLOT (J.) — DELLA BELLA (S.)

17. Petites Misères de la Guerre, 4 pl. — Scènes militaires — Famille de Satyres. Ensemble 10 pl.

CANALETTO (d'après Ant.)

18. Scènes relatives à l'élection d'un Doge de Venise, 3 pl. par J. B. Brustolone. Épreuves originales.

CHAHINE (Edgar)

19. Anatole France. Très belle épreuve, avec *dédicace*.

CHÉRET (Jules)

20. Femme assise. A la sanguine. Signée, avec dédicace.

N° 9 du Catalogue.

COCHIN (Nicolas)

21. Le Martyr des Apôtres, suite de 16 planches.

DAUMIER (Honoré)

22. Caricaturana, pl. 78 – Croquis d'Expressions, pl. 1. Deux pl. *coloriées.*

DE FEURE (G.)

23. Bruges mystique et sensuelle, suite complète de 10 pl. dans la couv. de publ. (n° 12). On y a joint *une pl. inédite.*

24. Les Passagères en Hollande, lith. en couleurs.

DELATRE (Eugène)

25. La Couturière, *imp. en couleurs*, *signée* (n° 18).

26. La Ferme, épr. *imp. en couleurs*, *dédicace.*

DEVERIA (A.)

27. Dumas (Alex.), en buste (H. B. 17). Belle épreuve.

ENSOR (James)

28. Vue de Mariakerke, 1887, avec *dédicace.*

29. Les Barques échouées, 1888, avec dédicace.

30. Le Triomphe romain, *signée.*

FORTUNY (d'après M.)

31. Le Choix du Modèle, par Champollion, épr. *avant la lettre*, sur japon.

GAUJEAN (E.)

32. Buste de jeune Fille, d'apr. Greuze, épr. *imp. en couleurs, dédicace.*

33. Souvenirs, d'apr. Chaplin, épr. *imp. en couleurs, dédicace.*

34. La Jeune Fille à l'oiseau, d'apr. Mme Escudier, épr. *imp. en couleurs.*

35. Portrait d'Octave Uzanne, d'après P. Avril. Six états différents.

36. Louis del Rio et ses Fils, d'apr. A. Moro, épreuve *avant la lettre, dédicace.*

GAUJEAN — BUHOT

37. La Vierge entre St Grégoire et St Donatien, d'apr. Van Eyck — Nymphes, d'apr. Fragonard — Convoi funèbre au boulevard Clichy, état. Trois pièces, *dédicace.*

GAVARNI

38. La Femme à Polyte — Ne lui parlez pas des bourgeois — Sans ouvrage — C'est pas moi qu'on fera poser — Ne lui parlez pas des artistes ! — Une ténébreuse affaire. Six fac-similés d'aquarelles.

GERY-BICHARD (A.)

39. Le Dr Dollinger, d'apr. Lembach. Épr. *avant la lettre, dédicace.*

GRASSET (Eugène)

40. Les Mois, par Florian, 12 pl. *avant la lettre.*

GRASSET — JOSSOT

41. La Femme aux boules-de-neige — Mères! rentrez vos Filles... Deux pièces.

GREUZE (d'après)

42. La Tricoteuse endormie, par C. D. Jardinier. Très belle épreuve.

GRÉVIN (A.)

43. Femme en travesti. A la plume, rehaussé d'aquarelle, *signé*.

GUÉRARD (Henri)

44. Tête de Tigre, bois au canif, fort rare.

GUYOT (L.)

45. Sacrifice antique, épr. *avant toute lettre*, tirée *en camaïeu*.

HELLEU (Paul)

46. Malborough (D[sse] de), épreuve avec *dédicace*.

HUET (d'après J. B.)

47. *The Sump*, par Bonnet, *imp. en couleurs*.

LALAUZE (Adolphe)

48. Visite à l'accouchée, d'apr. Gonzalès, épr. avec *dédicace*.

LAMOTTE (Alphonse)

49. Le Lion amoureux, d'apr. A. Weiz, épr. avec *dédicace*.

LANCRET (d'après N.)

50. Le petit Chien qui secoue de l'argent, par N. De Larmessin, 1er état.

N° 115 du Catalogue.

LE BARBIER L'AINÉ (d'après)

51. La Prudence en défaut, par Patas.

LUNOIS (A.) — WYLLIE (W. L.)

52. La buveuse d'absinthe, lith. *imp. en couleurs* — Entrée d'un port, fac-simile d'aquarelle.

MANESSE (H.)

53. Richmond (Duc de), d'apr. A. Van Dyck. Épreuve avec *remarque*, *dédicace*.

54. Portrait de Femme, d'apr. F. Hals, épr. *avant la lettre*, *dédicace*.

55. Don Quichotte, d'apr. H. Pille, épreuve *avant la lettre*, *dédicace*.

MARTINET (F. N.)

56. Bal du May donné à Versailles pendant le Carnaval de l'année 1763, d'après Slodtz.

MONGIN (A.)

57. Une Lecture chez Diderot, d'apr. Meissonier, épr. *avant la lettre*.

58. L'Ordonnance, d'après le même, épr. sur japon, *dédicace*.

MONZIÈS (Louis)

59. Études de figures et Paysages. Huit eaux-fortes tirées à petit nombre, *timbrées*.

NADAR

60. Panthéon Nadar, 249 portraits des célébrités du XIXe siècle.

NICHOLSON (W.)

61. Gargantua — Don Quixote — Sophia Western — Miss Fotheringay and Captain Costigan — Jonocks. Cinq pièces avec rehauts d'acquarelle.

62. H. M. The Queen — Prince of Wales — R. Kipling — Sarah Bernhardt — Sir H. Iwing. Cinq pièces.

RAFFAELLI (J. F.)

63. La Lettre. Très belle épreuve, *imp. en couleurs, signée* (n° 11).

64. L'Actrice en scène. Très belle épreuve, *imp. en couleurs*, avec *dédicace*.

RANFT (Richard)

65. Bal public, épr. *imp. en couleurs, signée*.

RÉALIER-DUMAS

66. Napoléon, épr. en couleurs, *timbrée*.

REPRODUCTIONS

67. Les Espiègles, d'apr. Schall — La Noce de village, d'apr. Taunay. Deux pièces, *imp. en couleurs* (modernes).

ROPS (Félicien)

68. L'Évocation, 2 épreuves, une *imp. en couleurs*.

69. Le Bout du Sillon, épr. *imp. en couleurs, signée*.

70. La Pudeur de Sodome, petite pl. (une des 20 épr. tirées en couleurs).

71. La Médaille de Waterloo. Lithographie.

72. Le Scandale, par Bertrand. Très belle épreuve, avec *remarque*, *imp. en couleurs*.

73. La Dame au cochon, par Gaujean. Très belle épreuve, *imp. en couleurs*, avec la *signature manuscrite* de Rops.

74. La Femme au pantin. Photographie.

ROTHENSTEIN (William)

75. Goncourt (Edm. de), lith., *signée*.

ROUSTAN (E.)

76. Tête de Femme. Lithographie, dédicace.

SAINT-AUBIN (Aug. de)

77. Comptez sur mes Serments, tirage postérieur.

SAINT-AUBIN (d'après A. de)

78. L'Heureux Ménage — L'Heureuse Mère. Deux pièces par Sergent et Gautier. Belles épreuves, *imp. en couleurs*.

SUMMER (Henry)

79. Abraham sur la montagne, panneau décoratif anglais.

THOMASSIN (S.)

80. Corneille (Thomas), 1708. Belle épreuve.

TORNÉ (J.)

81. L'Andalouse, d'apr. Masriera, épr. avec *dédicace*. — Janvier, d'apr. le même. Deux pièces.

TROY (d'après De)

82. La Toilette pour le Bal, par Beauvarlet.

N° 155 du Catalogue.

VALLOTTON (F.)

83. Portrait d'Homme, d'apr. Rembrandt (Musée de Cassel), épr. avec *dédicace*.

84. Scènes de la Vie, 8 planches, *signées*. Epreuves numérotées des bois originaux.

VARIA

85. Entretien de voyage, par Aliamet, d'apr. Berghem — La Femme jalouse, par Le Bas, d'apr. Téniers — Le Satyre et le Villageois, par Maleuvre, d'apr. Dietricy. Trois pièces.

86. Lamartine, par Devéria — Le pape Léon XIII, par Bac — Vignettes diverses — L'Envoûtement, d'apr. Rops, etc. 20 pièces.

87. Natures mortes, lith. de Roustan — 2 Estampes populaires du XVIIIe siècle, *coloriées* — Dessins, etc. 9 pièces.

88. Le Bon Genre, pl. 85 et 106 — Ornements, vignettes, etc. 18 pièces.

89. Dessins attribués à divers maîtres anciens — Estampes des XVIe et XVIIIe siècles, etc. 15 pièces.

90. Ex-libris pour l'Ensorcellée — Portrait de F. Rops, etc. Environ 20 pièces par ou d'après Buhot, de Witte, Manesse.

91. Juste Lipse, par C. de Passe — Louis XVI, par Mlle Savart — Marine, par H. Guérard, sous le même passe-partout.

VELDE (J. van de)

92. Matham (J.), graveur, épr. de la collection Mariette, 1666.

WILLE FILS (d'apr. P. A.)

93. Joueuse de cistre, par G. Müller. Belle épreuve.

PEINTURES — DESSINS

ANDRIEUX (A.)

94. Sur la Barricade, 1864. Importante aquarelle, *signée.*

ANONYME (fin du XVIIIe)

95. Une Parade. Au lavis d'encre de chine.

96. Gendarme de l'époque de la Révolution. Aquarelle.

AVRIL (Paul)

97. Illustration camaieu pour *Le Manchon*, d'Oct. Uzanne.

98. Composition pour *l'Ombrelle et le Manchon.* A l'encre de chine, rehaussé.

99. Cléopâtre, camaieu, ayant servi pour *l'Éventail.*

100. Le Départ pour le Bal masqué. Crayon, encre de chine et gouache, avec *dédicace.* A été reproduit dans *l'Illustration.*

CANELLA (Antonio)

101. Le Liseur. Venise. 1882. Aquarelle, *signée.*

CASTAING (Joseph)

102. Tête d'Enfant. Étude à l'huile, signée du monogramme.

COCHIN LE FILS (C. N.)

103. Scène de l'Histoire Romaine. A la sanguine.

COURBOIN (Eugène)

104. En grandes Manœuvres, 1890. Aquarelle, *signée.*

DE FEURE (Georges)

105. Composition allégorique pour la couverture de *Féminies* (Bibliophiles contemporains). Aquarelle gouachée, *signée.*

106. Le Rendez-vous. Aquarelle, *signée.*

107. Parisiennes aux champs. Aquarelle gouachée.

DEVÉRIA (Achille)

108. Les Baigneuses. Au crayon noir et mine de plomb.

109. Composition pour les *Guerres d'Italie*, par Saintine, livre 1er, ch. 4. A la sépia, *signé* et *daté* : 1826.

ÉCOLE FRANÇAISE (XVIIIe siècle)

110. Portrait d'une Fillette. Au crayon noir, avec rehauts de blanc.

FOUCAUX (Charlotte)

111. Longueville (Dme de). Aquarelle.

GÉRICAULT (attr. à) — LAURENS (J. P.)

112. Étude d'écorché — Études de têtes. Deux dessins.

GERMAIN (Alph.)

113. Paysage d'Automne. Pastel, *signé.*

Nº 158 du Catalogue.

GOSÉ

114. Tandem — Le Tauréador — Au Jeu de crocket. Trois dessins rehaussés d'aquarelle, *signés*.

GRASSET (Eugène)

115. La Muse druidique, 1892. Importante aquarelle, *signée*, *dédicace*.

116. Lauzanne au Moyen-Age. Aquarelle, avec *dédicace*.

117. Fête foraine, 1897. Aquarelle, signée.

GUŸS (Constantin)

118. La Femme au manchon. Beau et important dessin à l'encre de chine, avec rehauts.

119. La Femme à l'évental (Mabile). Beau et important dessin à l'encre de chine, rehaussé d'aquarelle.

120. Danseuses — Femmes de maison close — Chahuteuse (Mabille). Trois beaux dessins, avec rehauts.

121. Filles et Soldats. A l'encre de chine, rehauts d'aquarelle.

122. Propositions. A l'encre de chine.

123. Femme de Harem (Algérie). Beau dessin à l'encre de chine, rehaussé d'aquarelle.

124. Bourgeoises en promenade. Deux dessins, plume et encre de chine, l'un lavé d'aquarelle.

124 *bis*. Au Bois de Boulogne : Cavaliers — Attelage. Deux dessins, l'un rehaussé d'aquarelle.

GUYS — ROPS — GAUJEAN

125. Au Théâtre, à la plume, rehauts d'aquarelle — Un Monsieur et une Dame, lithographie, avec dédicace — Abandonné, d'apr. Deschamps, *imp. en couleurs*.

HEIDBRINCK (Oswald)

126. Heidbrinck, par lui-même. Au crayon noir. *Signé.*
127. L'Imprimerie; pour le Dictionnaire biblio-philosophique. Au crayon noir, *signé.*

128. Les Bouquineurs. Au crayon noir, signé.

129. Sur les berges de la Seine (Pont-Neuf), 1895. Aquarelle, *signée.*

HERVILLY (Ernest d')

130. Dunkerque, dans les Dunes — L'Heure des Perches, 1887. Deux aquarelles, accompagnées d'une poésie de l'auteur, 1882, avec *dédicaces.*

JEANNIOT (Georges)

131. L'Entremetteuse. Pastel, *signé.*

LEHMANN (Henri)

132. Étude de femme nue. Crayon noir et sanguine.

LE PEC (Charles)

133. Les Bibliophiles chez le Duc de La Vallière. Au crayon noir. *Signé.*

LÉVY (Alphonse)

134. Le Marchand de marrons Important fusain, dédicace.

LYNCH (Albert)

135. Femme est suppôt du Diable! Composition aquarellée, avec rehauts de gouache et d'or, pour illustrer *Son Altesse la Femme.*

136. Un Bal sous le Directoire — Tennis Deux aquarelles pour *Son Altesse la Femme*. *Signées*.

137. Lecture à Cythère. A la plume, lavé d'encre de chine, rehaussé de gouache. Signé.

138. Chez Mme Récamier. A la plume, lavé d'encre de chine, rehauts de gouache. Signé.

139. Au Monastère. Au crayon noir, *signé*.

140. Étude de Femme assise. A l'encre de chine, légers rehauts, *signé*.

141. Composition pour *Son Altesse la Femme*, par Oct. Uzanne. A l'encre de chine, avec rehauts de gouache. Signé.

142. Le Jeu de crocket. A la plume.

143. Les Spectatrices en 1845. Aquarelle pour *Son Altesse la Femme*, par Oct. Uzanne.

MÉROVAK (L'Homme des Cathédrales)

144. Ville du Moyen-Age. A la plume. Signé.

MÉRY (E.)

145. Le Nid tombé. Aquarelle, *signée*.

MILLET (J. F.)

146. Suzanne et les Vieillards. Beau dessin. Au crayon noir.

MOREL (Charles)

147. Aquarelle pour Mlle Fifi, édition des *Bibliophiles Contemporains*. Signée.

MORIN (Louis)

148. La Chevauchée littéraire. A la plume, lavé d'encre de chine, *signé*.

149. Canal à Venise, plume et crayon, *dédicace.*

150. Carnaval. A la plume, rehauts d'aquarelle, *dédicace.*

NAVLET (Joseph)

151. La Nymphe et le Faune, 1867. Aquarelle, *signée.*

152. Abjuration de Henri IV à Notre-Dame, scène de procession. Aquarelle, *signée.*

RASSENFOSSE (Armand)

153. Étude de Femme au chapeau. A la plume, légèrement rehaussé. Signé.

ROPS (F.)

154. Souvenir d'Ostende, 1885. Peinture, *signée, dédicace.*

155. Dunes de Knock. Peinture, *signée.*

156. Étude de mer. Peinture, *signée* des initiales, *dédicace.*

157. Près d'Ostende (Barques à marée basse). Peinture, *signée.*

158. Le Livre moderne (Daphné changée en laurier). Beau dessin à la plume, *signé*, avec *dédicace.*

SCHWABE (Carlos)

159. L'Art et l'Idée, plume et mine de plomb, lavé d'encre de chine, *signé.*

SÉON (Alex.)

160. Parfum des Fleurs. A la plume, *dédicace.*

SOMM (Henry)

161. Croquis de Parisienne, à la plume, signé. Sous le même encadrement, fac-simile d'un dessin d'A. del Sarte.

STEINLEN (Th. A.)

162. Au Mirliton, cabaret Montmartrois. Important dessin au crayon noir, rehaussé de pastel. *Signé.*

TOOROP (J. H.)

163. Les trois Fiancées. Photo sur papier salé, relevée de plume et de gouache et lavée d'encre de chine, avec *dédicace.*

VIERGE (Daniel)

164. Satyres et Bacchantes. A la plume, avec *dédicace.*

165. Attaque du Mont Esquinza. A la plume, avec *dédicace.*

166. Sous ce numéro, il sera vendu trente dessins et estampes encadrés, non catalogués.

PARIS

IMPRIMERIE FRAZIER-SOYE

153-157, Rue Montmartre

www.ingramcontent.com/pod-product-compliance
Ingram Content Group UK Ltd.
Pitfield, Milton Keynes, MK11 3LW, UK
UKHW032028260826
14628UKWH00006B/2797

9 782329 433035